선운산가 禪雲山歌

미래시선 115

선운산가 禪雲山歌

박세근

미래문화사

自序

하늘을 우러르는 지천명知天命이 되어서야 비로소 나를 발견한다.

지나간 구름꽃 위에서 발 아래 산야를 굽어보며 고향 노래에 푹 빠져 묻히고픈 충동과 사념思念들이 불현듯 불끈불끈한다.

멍든 시선들을 접어 두고 지나온 봄 가을에 맞춰 쉰넷에 쉰네 편의 습작들을 이리로 묶어 보았다.

내게 있어 내 고향 선운산은 어렸을 적부터 틈만 나면 오르내리던 포근한 어머니 품속이었다.

사계가 독특하면서도 그 속에 오르내리는 사람들의 냄새가 좋고 홀로 걷는 호젓한 여유도 일미여서, 선운산 풍광과 아쉬운 사연들의 낙엽을 책갈피에 모아 두는 소년 같은 하얀 마음으로 한 편 두 편 모아 《선운산가》라는 제목으로 얼굴을 내밀어 본다.

모닥불처럼 확 피었다가 송이째 져버리는 동백꽃이며, 님 그려 지쳐 울다 화신으로 피어나는 상사화며, 이름없이 피고 지는 수많은 들꽃들이 때때로 환생하여 선운산을 찬미한다. 전생에 업을 지고 태어난 이름 모를 산새들 또한 선운산을 노래하며 넘나든다.

그런가 하면, 뭇 시인 묵객들이 회자하던 해풍을 머금어 핏빛으로 영글어지는 복분자며, 혀끝을 감도는 선운 절미 작설차며, 뭇 남정네의 입방아질을 자아내는 풍천 장어와 온갖 산채들이 사계절 선운산의 맛을 돋우며 우릴 부른다.

어느 누구인들 자기가 태어난 고향을 잊을 리 없건만 자별나게 내 고향 선운산을 좋아하는 것은 나만의 끼인가, 외고집 향수인가?

오늘도 도솔재 위로 흰구름이 흘러 넘는다.
천마봉에선 비상하는 용마의 발굽 소리 진동한다.
낙조대 아래선 석양 노을이 산 그림자 위로 짙게 깔린다. 용문굴에선 서해 바다 용왕의 아스라한 꿈길이 열리는데, 짙어 오는 산그늘 속 새들이 숨어드는 품안에 바스락대던 낙엽들도 고이 잠들 적이면, 인적 끊긴 선운 산사의 풍경 소리만이 조용히 내 가슴을 헤아린다.

2001년 5월
태봉서실에서
저자

차례

봄이면 붉게 타다가
눈물처럼 떨어지는 동백숲에
가을이면 단풍이 숲을 이뤄 반기는 곳
묵정밭엔 들꽃이 피어나고
길가에 벚꽃도 우거졌다

1

선운산가 禪雲山歌

선운산가 禪雲山歌

백두대간 혈맥 지어
준령따라 내달린 노령의 맥
칠산바다 굽어보며
용틀임으로 멈춰 서서 선운산을 이뤘으니

수리봉과 여래봉이,
노적봉과 형제봉을 짝지어
희여재로 뻗어나고
와운참선臥雲參禪으로 선운사를 열었구나.

경수산 청룡산 비학산 구황산이 떠받쳐
도솔천 내원궁까지
하늘을 뛰어넘듯 기운을 이었으니
두 손 모은 길손마다
소원을 성취한다

3정승 6판서가 상감님 모시고서
큰 잔치 벌이는 듯
포갠바위 베멘바위 낙타바위 안장바위
탕건바위 형제바위 들이

송림 속에 숭숭 어깨 겯고 흥에 겨워
경수에서 소요까지 단숨에 물결친다.

검단선사의 깨우침으로
갯벌에서 염전을 일구고
숯을 구워 부처님 도량 열어 내니
여기 살던 이무기는 용문굴로 도망가고
자연과 더불어 삶을 꾸민 민중들
지혜 모아 고창을 이루었다.

석가 은덕 가슴에 새겨
골골마다 분향 가득
일심으로 참선하여 참 나를 찾았으니
선운사 참당암 도솔암 석상암 동운암이
그 자취다.

내려보면 염주를 꿰어 낸 듯
올려보면 신선이 자리한 듯
그 옛날 선운가람 열던 검단·의운 양 선사
고해 건너 피안의 언덕에서

우리 향해 손짓한다.

선운산에 올라 보면
계곡에는 기암괴석과 울창한 송림 속에
대가람이 자릴 매기고
수평선에 떠 있는 섬과 어선이 어우러져
한 폭의 떠놓은 그림이다.

능선의 마디에는 괴석들이 즐비하고
멀리 보면 첩첩이 봉우리 겹쳐 있고
천왕봉의 천길바위
사자 되어 포효하는 천마봉이
안장한 잔등을 하늘에 드러내며
낙조대를 이끌면서
붉게 물든 서해 일몰
장쾌하고 멋진 풍광
숨을 차올리고 순치한다.

여래봉의 울림밖 이루어 낸 늪지
갈대숲 이어서 산죽밭 널따랗다.

죽림 속 오솔길은
죽장망혜 인생길이 가물거리고,
도솔 앞자락 마당바위는
웅장한 기상과 늠름한 자태로
능선 끝자락에 버티어 섰고,
선운산 제1봉인 천왕봉엔
기암괴석으로 만불상을 빚어 내니
천제단에 소원 빌며 축수로 하늘 우러러
만백성을 적셔 낸다.

천·지·인 일체 되어
손 모으는 결행으로
경건함을 이루었다.

청룡산 가다 보면
두 괴수가 맞붙은 듯
엄청나게 피어낸 송이버섯이듯
서로 다른 속마음으로 그려 보는
내 얼굴이 뵈는도다.

아래로는 원시림이 긴 회랑을 질러
팔방으로 고사 지낸 장사송 일주문이 맵시 있고
투구암 사자암이 구름 속에 버티고 서
도솔천을 지키는 사천왕 신장으로 우뚝 서 있다.
삼백예순다섯 층층 계단 오르면
천길 절벽 위에 상도솔의 수미보살 모셨으니
오는 이는 복을 받고
보는 이는 깨달음을 얻는다.

도솔암의 오른쪽 바위틈을 비집고 올라 보면
영산의 봉우리들이 병풍처럼 둘러 있어
월화 속에 호연지기 기르던 곳,
한 아름 가득히 희망 주던 만월대며
신선이 학을 타고 내려와 노닐고 간
선학암이 자태롭다.

나한전 서녘에 깎아지른 암벽에는
우람하게 음각해 논 개성 넘친 마애불이
미륵불을 상징해 주고
배꼽 자리 복장에는 비결을 넣어 두어

민초들의 애환을 승화시켰다.

기출암 터 등성이에는
쫓겨난 이무기가
바위 뚫고 서해로 도망간 자리
그곳은 득남을 소원하는 민중들의 기원처요
진흥굴은 미륵보살이 현몽된 곳,
사자가 보우하고 천신이 옹위하듯
지금도 향불이 그치지 아니한다.

녹음이 무르익은 여름,
단풍이 곱게 물드는 가을,
달뜨는 저녁에 선경을 이루는 인경봉에
크고 작은 삼천굴은
티끌 같은 속세 떠나 고행정진 수행처며
절분의 난리통에 피난처로 소문났네.

취은처사 황씨 부자 독서하던 구인암 명옥대며
김효자의 눈물로 새긴 세 글자가 완연하고
소요산에 올라 보면

줄포만 건너 변산 풍악이 발 아래 펼쳐진다.

봄이면 붉게 타다가
눈물처럼 쏟아지는 동백꽃에,
가을이면 홍단풍 물결이 반기는 곳,
묵정밭엔 들꽃이 만발하고
길가에 핀 접벚꽃 송이도 탐스럽다.
진초록 잎 사이로 붉디붉은 동백꽃이
점점이 박혀 융단보다 고운 명화를 그려 놓고
송이째 검붉은 낙화로
피바다 잔치를 이룬다.

선운 도원에서 득도하신
백파율사의 큰 도량 추사가 칭송하여
대기대용 큰 가풍을 부도비에 남겼으니
추사체의 진면목과
율사의 높은 경지
모두가 수긍 되네.

수자리 떠난 지아비를 기다리는

두근거린 지어미의 소망으로
선운산가 불러대니
못 이룰 사랑으로 애틋하게 피어난
상사초가 서러워
여필종부의 옛날 유훈이
비 갠 뒤의 싱싱함이어라.

도솔산 가는 길

호남의 내금강
도솔산 오르는 길에
상사초를 만났다.

천길 하늘 길
천마봉 길목 용문 등 넘어
비상하는 용마 천마봉.

낙조대 문턱에서
서해 용왕 기침 소리 요란하고

마애불 깎아지른 절벽에
석가 세존을 염송한다.

속세를 등진 도솔 암자엔
성불을 구망하는
이승 보살 즐비한데

아미타불 염불 속에
스스로를 구원하려

길을 찾는다.

풍천을 거슬러
오르는 길손마다
속마음 비우니
부처님의 자비가
듬뿍 듬뿍

선운산 계곡

병풍처럼 둘러쳐진 아윽한 계곡에 들어서면
핏빛으로 붉게 물든
그녀의 붉은 얼굴이 내 가슴속으로
쏙 빨려옵니다.

삼삼오오 참새처럼 종알거리며 산을 오르내리는
사람 사람들이 스치면
잠자던 내 영혼도 함께 깨어
색색의 등산복 군중들 속에 밀려갑니다.

투벅투벅 걸으며
팽개쳐진 사념들을 주워담고
말없이 사색의 계곡으로 올라갑니다.

올라가면 반드시 내려옴을 알면서도
위로 위로 오르려고만 기를 씁니다.

오르는 길에 낯익은 얼굴 얼굴들이
눈인사를 주고받으면
그 눈빛 속에 감추어진 진실을 직감합니다.

바람이 불 때마다
마지막 잎새들이 바르르 몸을 떨며
발 밑으로 산화합니다.

뒹구는 낙엽 속에 꽃을 보내고
청초하게 버틴 상사초 잎만이
한껏 푸르릅니다.

선운산 동백꽃

천년 사찰 선운사 뒤안
부처님 비호막으로 더불어 온 세월

하이얀 노목의 기품 속에서
빼어난 고운 자태 뽐내려
속살 빠알갛게
겨우내 잉태한 복스런 꽃망울
이른 봄 엷은 햇살 속에
피를 토하듯 검붉게 피어난다.

송이송이 맺힌 절규
붉디붉은 얼굴로 취하다
그 열정 넘쳐나
태산을 흔들어 꽃피우더니
갈 때는 쉼없이 금방
송두리째 산화한다.

미처 못 피운
못내 아쉬운 그 꿈 되피우고자
주먹만한 열매로

끝내 아름다운 여인의 머리결에서
다시금 환생한다.

동백꽃도 낙화한 터엉 빈 자리
염불하는 불당 목탁 소리에
공허한 마음 달래려
가만히 내려앉는다.

<hr>

*선운사 동백:천연기념물 제184호로 지정된 천년 사찰 선운사
  경내 뒤뜰에 있는 동백꽃 군락.

상사초 사랑

호남의 내금강
도솔산 선운사
산기슭 개울가에
어느 못다 이룬 짝사랑 연정
핏빛 어린 그리움으로
토악질하다 지친 처녀 총각 짝사랑의 화신
온 산이 불타는 9월이면 마침내
불꽃처럼 화사하게 피어난다.

오랜 세월 머금고
화신化身으로 그려낸 꽃망울
님 그려 기다리다 기다리다
기다림에 지쳐 파죽음 된 줄기 풀어
산화하면
늦깎이 신랑 그제서야
엇갈려
기지개 편다.

붉디붉은 얼굴은 상사초로 환생하여
님 떠난 냇 기슭에

그리움은 승화되어
사랑을 잉태하고
강 건너 님 그리다
상사초로 피어난다.

선운산가 · 2

선운사 범종 소리에
선잠을 깨우고
법당 삼존불 앞에
옷깃을 여며 합장한다.

선운 골바람에
막힌 가슴 확 트이고
활불 백파율사
먼눈을 뜨게 한다.

동백 향기에 취해
홀연히 시심詩心을 일구고
상사초 열애 앞에
사랑을 띄운다.

동백새

동백꽃을 쫓아다니던 동백 소녀
동백꽃이 좋아
동백꽃 화신 되어
동백새로 환생
동백 숲속에서
동백새로 산다.

산이 좋아 산에 오르던
산 사나이
죽어서도 산새 되어
선운산 골짜기로 오르내리며
선운산 노래하며
산새로 산다.

천마봉

숫구치는 천길 바위
구름 속 하늘과 맞닿고
깎아지른 발 아래
아슬아슬 저승이라

속세가 염증난 용마
도솔천 이무기 용문굴로 내쫓고
도솔암 암벽 힘차게 발뒷굽 차고
하늘로 비상한다.

포갠 바위 정상

푸르름이 짙어 가는 날
땅가죽이 하늘 닿게 달아오르는 날
수리봉 허리를 감고 돌아
포갠 바위 정상 위에 우뚝 섰다.

발 아래
도솔, 선운, 참당 계곡이 흐르고
선운사 대웅보전과 동백나무 숲이 운해 아래
한 폭의 동양화를 그립니다.

청록색 병풍들이 겹겹이 둘러쳐지고
하늘이 산봉우리를 껴안고 입맞춤이라도 하면
그 뉘에게도 나눠 줄 수도, 훔쳐 갈 수도 없는
나만이 만끽하는 산행山行

포갠 바위 꼭대기에 서면
이마에 맺힌 염주도
영롱하고 시원하다.
송알송알

낙조대

서해 낙조 곱게 핀
도솔산 하늘 길

천연색색 비단 봉우리 거느린
쌍둥이 조망대

바람도 쉬지 않고
휘돌아 가버리면
선운 망부석 슬피 울까부다.

진흥굴

바위를 뚫고 온
미륵 삼존 꿈에서도 나타나
열석굴 신화 무성하고

부처님을 숭상하다 왕위를 벗어 던진
진흥왕 수도결 역력한데
도솔 왕비 중애 공주 고운 자태
눈앞에 아련하다.

촛불 켜고
구원하는 중생들
무릎 닳는 소리 낭랑한데

장사송 반송만이
진흥굴
사천왕 노릇 하고 서 있구나

---

* 장사송(長沙松):진흥굴 앞에 서 있는 반송으로 천연기념물 제
  350호.

마애불磨崖佛

도솔산 칠송대 절벽에
결가부좌로
중생을 구원한다는
암각 여래상

도드라지게 다문 입
우뚝 솟은 코
커다란 귀
호족의 자화상인가
부처님 복장 열어 천기누설한
관찰사 이서구의 대오각성인가

보살들 아미타불 염불 소리 낭랑하고
도솔 솔바람 칭칭한데
감실 누각은 간데없고
앙상한 동량棟樑 뼈대만 남은 채
부풀머리 반송만이 지킴이로
홀로 섰네

---

* 마애불:고창 선운사 경내에 있는 보물 제1200호.

복분자술

선운산 동구
산자락 끝 밭이랑
서해 갯바람 소금기에
작열하는 유월의 햇살을 머금고
어느 명창의 못다 부른 절규가
운무雲霧 속에서 몸부림친다.

붉디붉은 산딸기
꽃으로 피어나고
터질 듯 터질 듯
가시 돋힌 검붉은 열매
알알이 배 불러 오면

아낙네들 집집마다
항아리 가득
정성 담아
동네방네 복분자술 냄새로 진동한다.

그대는
선운의 높은 정기

불타는 정열
선홍색 핏자국으로

진한 향기 토해내는 거친 숨결은
요강 단지 뒤엎는 복분자주覆盆子酒
남녀 궁합 화합술

선운사 작설차

도솔산 선운사
봄자락 운무 속
겨우내 움츠렸다
살짝 기지개 켜고 나온
샛노란 차잎 따낸
작설차 진중한 향기로움 따라
차맛의 본 고향을 여행한다.

선운 고운 향기 맛보려
굳은 가지마다 살포시 내민
새 입처럼 가냘픈 잎
구증구포로 달구어 낸 시련과 인내로
만강한 작 설 차
선운 차향茶香을 누려
따끈한 찻잔 속에
나를 음미한다.

첫잔은 눈으로 음미하고
둘째잔은 코로 맛을 찾아
셋째잔은 혀끝으로 마신다.

스테미너제 풍천 장어에 목때 벗기고
한국산 비아그라드 복분자술로 취몽하면

천년의 향 작설차로 맑게 깨워 내는
선운산 삼미三昧 맛의 경지에 빠진다.
작설차로
혀 잔치의 행복 속에
신선이 되고파
오늘도 난
도솔산 선운사
작설차를 찾는다.

풍천 장어

드렝이도 아닌 것이 비암도 아닌 것이
미끈덕한 맵시로 힘차게 넉살 떤다.

칠산어장을 훌렁이다가도
회귀성廻歸性이 못내 일렁이면
성난 파도 날래게 거슬러 올라
선운산 앞자락 풍천 강변 도약한다.

육수와 짠물의 교차 속에 한사코 다져진 몸매
그 넘치는 용틀임 어느 무엇에 비기랴

식도락을 위해
이글거리는 숯불에 양념 간장으로 구워내면
정력의 화신 스테미너 음식으로 엄지 꼽고
남정네 아랫도리 힘쓰는데 으뜸인기라

풍천 장어 구이는
선운산 복분자술과 궁합이 맞아 떨어져
언제나 함께 동행해야 제맛이라.

온 나라 미식가들
고개 숙인 남정네들이 즐겨 찾는
우리네 약보식 풍천 장어는
정녕 서해 용왕님이 내린
천혜의 보물.

도솔 휴게소

선운산 골짜기 깊숙한 곳
밤 안개도 잠 깨워 가는 곳.

주인네의 샘물 같은 후덕과
숭늉 같은 입담 손맛이 있어
처갓집 안방만 같은 도솔 휴게소.

산에 오르는 선남선녀 쌍쌍이 앉았다 가고
소객 묵객들 술독에 빠져 넘어졌다 가고
암벽 타는 산 사나이들 주점하고
미식가들 도토리묵 산채에
넋을 놓고 쉬었다 가고
모두들 즐겨 찾는 참새 방앗간.

앞마당 백구도 밝은 달밤이면
나뭇가지에 걸린 보름달을 풍월하여
멍멍멍

그곳엔

희어재 골바람도 쉬었다 가고
도솔 계곡 맑은 물도 머물다 간다

지석묘 공원에 서서

상서롭구나
한 시대 한 시대를 달리한
고인돌들이
그 납작하고 묵직한 못다한
옛 이야기를
억세꽃 하얗게 흔들리며
쏟아내고 있나니

아 -, 저 푸른 이끼로 숱한 사연을 덮고
무슨 신령스런 힘으로 바윗돌을 들고
세 천년 동안 하늘을 이고 서 있었나

오오, 성스럽고 복되어라
성틀봉자락 따스한 보리밭이랑
447기의 지석묘 공원에 서면

선운 솔바람 소리
인천 강물 소리 안으로 다스려
널리 사람을 이롭게 했을 조상님네 한 분을

오늘은
오늘은
만날 것 같아
삼가 모은 두 손

어린 천사들의
쑤욱 쑥 키 크는 소리
마음 살찌우는 소리
앙증맞은 그 재간
또 영그는 소리

동 심

2

정원사

나는
스무 평의 제국에서
꿈나무를 가꾸는
정원사

가녀린 새싹들 눈 틔워
마음의 밭心田 갈아
꽃씨 심어 김 매주고
비바람 찬서리 막아
삐뚤어진 가지 곁가지
쳐내고 다듬어
오늘도
어린 꿈나무들을 가꾼다.

찬란한 햇살
탐스럽기만 한 열매
주렁주렁 맺기를 합장하며
진종일
삶의 텃밭에서

꿈나무를 가꾸는
정녕
난
인간 정원사.

동심童心

티없이 맑은 어린 새싹들과
동심의 세계로 떠나고 싶다.

그들의 해맑은 심성에 묻혀
하이얀 눈송이처럼 깨끗해지고 싶다.

어린 천사들의
쑤욱 쑥 키 크는 소리
마음 살찌우는 소리
앙증맞은 그 재간
또 영그는 소리

아름다운 그 소리들을
눈으로 듣고 싶다.

연

재롱 떤 어린 아들
무료히 심통 부릴 때

대나무통 작살내어
허리 휘게 칼질 한 후
칙칙한 밥풀칠로
숭숭 구멍난
동그란 빈 가슴 위에
댓살 갈라 얹고
모진 인연 끊길새라
연자실로 매달아
하늘 높이 꿈을 띄운다.

끝이 없는 욕심 채우려
얼레에 감긴 한풀이에
하늘 바다 노닐면서
그만 어지러이
자맥질하다가
산 너머 하늘 아래 끝동네로
망가지듯 도망갔습니다.

낚 시

덧없는 강물에
세월을 띄운다
추억을 뿌린다.

하 많은 강태공들
오늘도
대어를 낚느라 진땀을 뺀다.
사색의 나래를 편다
바늘 없는 낚시로 마음을 비운다.

띄워 보낼 수도
안을 수도 없는
부질없는 욕망들을 몽땅
강물에 띄워 보내고 싶다.

구름에 달 가듯 흐르는 세월 속에
오랜 기다림이 아쉬워
오늘도
강가에

빈 낚싯대 드리우고
밀려가는 세월을 응시한다.

햇 살

서억달 장마 뒤
솟구치는 무지갯빛 햇살

어두운 마음 걷히고
용솟음치는 젊음의 분출

무거운 가슴 빗장
타 -악 탁 열리는 환희의 소리

파계승

온통 사바 세계가 새까맣게 타들어가는데
샌님 하나
마음문 열어제치고
여과되지 않은 거리를 향해
냅다 소리 질러댄다.

'소위'라는 굴레 속에
고추보다 매운 시집살일
용케도 견디어 오더니
거추장스런 옷 활활 벗어젖히고
침전물 모두 씻어 내려
버얼건 대낮에
알몸으로 거리를 배회한다.

멍에를 떨쳐내고
창살 없는 감옥에서
벗어나고 싶다
자유롭고 싶다

낭만이로다.

천상 세계로다.

새하얀 밤이 밝아 오면
또다시 맑은 정신으로
세속 오계 법문 속에 수도자의 길을 질주할 텐데
적어도 오늘만은
파계승 되어
세상을 즐기는 여유를 찾는다.

사랑을 느낄 때

누군가를 사랑하면
이뻐진다 하던데
이제야
그 연유를 알겠네

예전에 몰랐던
그녀의
뻐드렁니 입 속도
하그리 곱게 보이는 지금

난
아마
이제야 사랑을 배우는가 봐

천년 사랑

사랑에는
깊이가 없지요
잴 수 없으니까

사랑은
무게가 없지요
달 수 없으니까

사랑의 열병은
약이 없지요
백약이 무효이니까

사랑이 용해된 눈물은
맛을 말할 수 없지요
사랑의 눈물은 제각기 다르니까

천년을 가도
녹슬지 않는
이슬 같은 참사랑

꿈으로로라도 이어내는
열병을 앓고 싶습니다.

우물 안 개구리

이끼 낀 돌담 안에서
둥근 하늘만 보고
죄만스레 지새는
우물 안 개구리.

제 하늘밖에 모르고
그저, 맴돌며 살아온 세월

내 안에 비친 부푼 그림자
우물 안 개구리.

미완성 교향악

작사는 네가
작곡은 내가 하기로
사랑의 교향악을 준비하던 우리

지금껏 우린
미완성 교향악만 연주하고 있나 봐

언제쯤
사랑이 무르익은 화음다운
완성된 교향악을 연주할 수 있을까

우린
지금
미완성 교향악만 연주하다 마는
서툰 연주자

섹스폰

늘어진 S자형 금속성 원통이
간드러지게 몸부림한다.

전생에서 못다 푼 흥얼
온몸으로 포효한다.

신들린 섹스폰 소리
가슴 바닥에서 토해내는 숨결
간장을 도려내는 애달픈 하소연

그 소리
신 소리
신의 소리

점

점은
우주의 시작

심마니의 야살

사알짝 웃을 때
돋보이는 그녀의 사랑점은
하늘이 내린 복점

넌
내 것이라고 찍어 놓은
놀부식 낙관

휘청하게 쟁기 모는
아버지가 안쓰러워
가는 목 힘겹게 버티어 가며
새참 나르시던 어머니 허리처럼 휜
논둑길이 아스라하고

고향길

설날이면

설날이면
두고두고 정다운 얼굴 얼굴들의
만남이 있다.

설날이면
한 아름 이야기 보따리가 저자처럼 열려
옛 추억의 꽃들이 알알이 피어난다.

설날이면
죽은 자와 산 자, 이승과 저승을 오가는
숱한 사연들을 토해내는 철야의 장이 있다.

설날이면
가족 공동체의 새 삶의 텃밭을 일구어
풍성한 내일을 기약하는 소망의 약속이 있다.

설날이면
새 옷 갈아입고 세배 다니며 듣던
어른들의 따뜻한 덕담의 추억이 되살아난다.

가을 논길

가을 황금 들녘엔
촌로의 땀방울이 알알이 익어
풍요가 일렁이고

하늘을 수놓은 고추잠자리떼
풍년을 구가하는 무도회를 여는데

세상을 넋두리하던
허수아빈
너펄거리는 춤사위로
참새떼 쫓는다.

저 멀리 논두렁 끝에선
종종걸음으로 분주히 오가던
농부들 발자국 소리
풍장 소리
아스라이
바람 타고 밀려오는
한적한 가을 논길

고향길

쩌렁쩌렁
소 달구지 방울 소리
메아리져 돌아눕던
옛 고향길
가멸차던 새마을 시절
그리도 요란하던 트렉터, 경운기 굉음이
저 멀리 귀양 가고

지금은 시집간 누님의 낭랑한 목소리
꿈속에서 아련하게 들려오는
그 고향길.

휘청하게 쟁기 모는
아버지가 안쓰러워
가는 목 힘겹게 버티어 가며
새참 나르시던 어머니 허리처럼 휜
논둑길이 아스라하고

허리춤 풀려
홋바지 흘러내리는 것도 잊고

메뚜기 잡던
소꿉친구들의
줄줄이 굼실대는
옛 이야기가 그립다.

석양녘 노을이 익으면
빈 바지게에 불그레한 행복을
잔뜩 지고 돌아오시던
아버지의 숨가쁜 그림자가
더욱 시리어 옵니다.

농심農心이 떠난 자리

젊은이들 다 떠나고
토박이 늙정네들이 힘겹게 지키는 고향땅
농심이 떠난 빈자리가 허허롭다.

삶의 텃밭에
태풍 '사오마이'가 할퀴어 가고
'프라피룬'이 강타한 논밭을 보면
자식이 죽어 나간 듯
억장이 무너진다.
피눈물이 솟구친다.

병충해에 애간장 다 녹아나고
탄저병에 매운 눈물 말리고
수박통 터지는 소리에 혈압 오를 수밖에
추곡 수매 동결에 가슴앓이 터지고
농약 공해 속에 내장 썩어난다.

이래저래 속상해
농심이 떠난 터엉 빈 자리
참새도 이사가고

허수아비 호올로
졸고 있는
적막만이 무너져내린 텅 빈 농촌

호수에서

네가
내 속마음을 읽지 못하듯

나 또한
너의 깊은 속을
들여다볼 수가 없구나

깨질 듯 깨질 듯 넘실대는
부서지는 거울 위에서도
잘도 버텨내며 제 모습 드러내는
수면 속의 산수화

화폭 속에
내 작은 자화상 그려 넣고 싶어
구름 따라 내 마음
흘러 보낸다.
세월을 음미하며 재조명한다.

어머니

지금은
멀리 먼 하늘 나라에 계신 어머니,
어머니는 생전에 한없는 요람이셨습니다.

어렸을 적 어머니의 젖가슴은 큰 우주셨습니다.
어머니가 불러 주시던 자장가는
슈베르트 자장가보다 더
훈훈한 생음악이셨습니다.
어머니의 잔소리는 자식을 위한 기도였고
성경보다 더 강한
설법이셨습니다.

꽃 가꾸듯 정성을 들여 저흴 길러 주셨습니다.
당신은 자식을 위한 헌신으로
일생을 태우는 촛불이셨습니다.
새벽녘 정화수 떠놓고 빌 때는
완연한 생불이셨습니다.
이마의 수많은 잔주름은
희생과 봉사의 나이테였고

찌든 삶에 거북등 손은
자식 위해 닦달한 훈장이셨습니다.

어머니,
당신은 거룩하게 썩어 간
한 알의 밀알이셨습니다.
육신이 숭숭 나도 모르고
뼈가 가루가 되게 살으셨습니다.

이제 허리 펴고 살 만하니
그만 삶을 거두시고 저승으로 떠나가신
안타까운 나의 어머니,
후회와 통한으로
꿈결에서도 어머니를 그리워하면
항상 주변을 맴돌면서 저를 지켜 주시는
나의 어머니,
어머니는 돌아가신 지금에도
나의 큰 기둥이십니다.

영원한 십자가이십니다.

벌 초

평생에 하던 대로
무릎 꿇고
잔 채워 안주 올리고
조용히 눈 감으면
낭랑히 들려 오는 아버지의 덕담

님 그려 우는 마음
가슴 저미는 회한
생전에 못 지켜 드린
불효했던 일
파도로 몰려와
가을 나이 됨에
이제서야 깨닫는 건
청개구리 슬피 우는 청승일까

할미꽃 한 송이
망인의 화신인가
어버이 흰 머리카락 뽑아내듯
두 손으로 고이 쓸고 다듬으며
이내 속죄합니다.

풀벌레 소리 벗삼아
고즈넉이 누워 계실 님 생각에
차마 되돌아서 갈 수 없는
아쉬운 발길

어머이
아부이
맘 편히 계시라요.

도깨비 놀이

옛날 옛적
어스름한 그믐달이 공동산을 넘어서면
왼 산 도깨비들 다 모여

맘씨 고운 아랫마을
오씨 형제 논배미에다
개똥 쇠똥 말똥 다 주워 모아
풍년 농사 들게 하여
동네 부자 만들고

은 나와라 뚜욱딱
금 나와라 뚝딱
도깨비 방망이 놀이
밤새도록 진탕냈단다.

넘치는 강물로
성난 강을 건너지 못할 때
내 넓은 거북 등에
당신을 업고
느릿느릿 피안을 건너는
꽃 디딤돌

4

디딤돌

사념思念

칠흑 같은 어두운 밤
동굴 속 같은 깊고 깊은
밤이 연달아도
장닭이 훼를 치고 울어대면
정녕 새벽은 오고 말기에
난
새하얗게 밤을 지새울 용기를 갖는 것이다.

한없는 수렁처럼
밤이 깊어 가고
차갑기만 한 적막함이
전신을 엄습해 와도
찬란하게 솟아오를 태양이 있기에
난
무섭도록 긴 밤을 거뜬히 인내하는 것이다.

새벽이 오는 사유
장엄하게 솟아오를
빛나는 아침 해를 믿기에
꽃가마 타고 당당하게 올

그 낭군을 기다리면서
난
가슴 뛰는 신부처럼
온 밤을 맞을 준비를 하는 것이다.

파 도

그대는
심연深淵의 밑바닥
나락을 일깨우는 종

하얗게 부서지는 몸체는 시원한 밀어를 만들고
열어젖힌 문은
내 깊은 영혼을 숙수熟睡로 물들여 놓는다.

누가
파도를 부서져라 했는가
부서 버려라 했는가

오늘도
사뭇
오열의 절규와 몸부림으로
내 뜨거운 가슴에 와 무너져내리는
그대를 그리워하는데
그대는
이제 와 닿는 천리天理의 숨결

디딤돌

당신과
난
사랑이란 영혼의 끈으로 이어 주는
섬돌

강 저편에서 비추는 무지개 거울빛 따라
삶의 무게를 지탱해 주는
디딤돌

넘치는 강물로
성난 강을 건너지 못할 때
내 넓은 거북 등에
당신을 업고
느릿느릿 피안을 건너는
꽃 디딤돌

아내 · 1

제 역할도 못하는 터에
이런 아내를 갖고 싶다고
겁없이 욕심 부려 보오.

짜증날 때 엄마처럼 감싸주는 포근한
답답할 때 시원한 산소 같은
갈증을 해소시켜 주는 상큼한 오아시스 같은
할말이 많아도 참아 주고 눈으로만 말하는
당나귀 귀로 항상 내 말을 잘 들어주는
안착하고 싶은 고향 같은

이런 아내로 남아 주기를
속없이 투정해 본다오.

아내 · 2

나
항상 그 속에 있음에도
그 안에 살아도
그 크기를 알지 못하는
그대는 하늘

포근한 물안개
따스한 햇살 드는 양지녘
동구밖 정자나무 있는 곳
편안한 잠자리가 있는 곳
그대는 내 마음의 고향

청실 홍실로
금석맹약 엮어 가는
산소 같은
그대는 여자

저 먼 옛날
프리기니아의 매듭처럼

그 누구도 끊지 못하는
그대는 아내

인생 · 1

사람의 삶은
길을 걷는 나그네

복잡한 도심에 마음이 상채기 되어
외로운 산길로 고독을 씹기도 하고

벅적대는 저자거리를 언죽번죽이다가
텅 빈 오솔길에 공허한 마음을 채우고

더러는 비에 젖어 노을길을 서성이거나
때론 눈 수렁에 푹 빠져
온몸이 얼어붙기도 하지만

맑게 갠 날 오후를 향해
잰걸음으로 종당질을 친다.

운수 좋은 날
등 너머 맛 좋은 술막을 찾아
채찍들이 말 달리는
꿈길 속 나그네를 꿈꾼다.

사람의 삶이란
지치고
오뚝하는
길을 걷는 나그네

인생·2

한사코 무지개 빛깔 쫓아 사는 인생
구름처럼
바람처럼 흘러간다.

팔자문을 다시 열고
새 일기를 쓸 때에도
깨끗한 화지에
멋거리를 그리겠다고
다짐해 두지만

내림굿마냥 신들리다
이내 몸살기 풀리면
희뿌연 연기로 하늘을 가린다

안경 · 1

사람은
저마다 제격의 안경을 끼고 산다

파랑(○)

빨강(×)

회색(△)

빛깔로 산다.

제 눈에 안경
마음으로 끼는 안경
제것이 제일이라고
우겨대며 산다

안경 · 2

멀쩡한 두 눈으로 보기엔
너무 광란의 풍경이기에
안경을 쓰고
창 밖의 세상을 본다.

안경 속 이쪽
신바람 나는 세상

테 너머 밭 쪽
어둡고 추한 것이 싫어
새까만 안경으로
눈 감고 본다.

안경 · 3

안경 속에 비친
눈가의 잔주름
커져 가는 나이테

한심스럽게도
여직 보지 못하고
오늘에야 보이는
흐르는 세월
밑 뚫린 잔상이
자꾸만 늘어가는데

그대여
아슴츠레하지만
주마등 같은 내일을 두고
초점을 맞추어 주지 않으련

가는 해

해가 기운다.
쇠화로처럼 이글거리던
천년의 해가 넘어간다.
20세기를 마감하는
바다 너머 저쪽으로 노을져 묻혀 간다.
세월을 넘어 띄운다.

덕지덕지 묵은 때 거두어 가지고
저 어두웠던 터널을 지나
거울 속 역사의 뒤안길로
새 즈믄 해 빛을 찾아
진창난 역사의
해가 넘는다.

책 속의 해로 기억될
20세기 마지막 낙조 속에
해가 잠들어 간다.

새천년 첫 해오름 맞으려
새색시처럼 얼굴 붉히며

가는 천년이 아쉬운 양
붉게 타는 듯 제 몸 태우며 넘는 해는
소리없는 아우성

나 그대 가슴에

나
그대 가슴에
한 잎 낙엽 되어
그대 발길 따르오리다.

나
그대 두 눈에
한 방울 눈물 되어
그대 고운 얼굴 타고 내리오리다.

나
그대 두 귀에
한 줄기 바람 되어
그대 두 귀바퀴를 맴돌다 맴돌다 가오리다.

나
그대 입술에
향기로운 꽃잎 되어
그대 입 속을 포근히 적시오리다.

나
그대 코 앞에
상큼한 공기로 그대 곁에
언제까지나 머물다 머물다 잠드오리다.

찻집 풍경

나의 참새 방앗간 전통 찻집에는
해먹은 풍금이 하나 있다.

찻집 안에는
골동품들이 올망졸망하게
제각기 색깔을 으시대는데
비라도 내리는 을씨년스런 날엔
내 온몸을 녹이는 쌍화차가 있어
나도 모르게 발길을 그 찻집 안에 머문다

쌍쌍의 낮은 음성들이
불협화음으로 들려올 때면
이름 모를 낯선 손님의 풍금 선율이
이내 가슴을 두드린다.

벽에 걸린 설경 속 옛날 농가에선
구수한 질화로의 군고구마 냄새가
뭉게뭉게 피어오르는데
오늘도

난 그이와 마주 앉아
눈도장 찍는다.

공수래 공수거 空手來 空手去

시공 속의
한 점 인간사.

부질없는 일에
이내 화 풀고
하찮은 일에
괜히 싸우다 목숨 거는
진창난 하루 해가 역스럽기만 하다.

여보게 친구
어차피 빈손으로 왔다가는 인생살이
늘
마음 비우고
편하디편하게
살다 가세나.

아름다운 친구

걸출한 한 친구가
또 한 친구를 칭송한다.

그 친군 정녕
넉넉한 사람이라고.

친구 아픔을 제 몸처럼 사르고
늘 벗의 미쁜 즐거움을 되 늘리어
베풀 줄 아는
술 잘 걸치고
노래 구성져
항용
하늘을 머리에 이고
오대양을 가슴에 안은
정말
아름다운 친구라고

행복의 잣대

사람들은 저마다
행복을 찾는 불나비

항상
남들이 더 행복하다고 선망한다.

다른 이의 것이 더 커 보이는 것은
이녁의
행복의 잣대가 더 큰 것임을 모르고
자기만이 불행하다고 말들 한다.

언필칭
자기 잣대로 갖다 재면
누구도
행복한 삶을 누릴 텐데

상처

사랑 싸움은
1절만 하세요

2절은
아프고요

3절까지 가면
끝이 보이니까요.

평이한 시어와 고향의 지킴이

－朴世根 詩集《禪雲山歌》

咸東鮮

평이한 시어와 고향의 지킴이
-朴世根 詩集《禪雲山歌》

咸東鮮(중앙대 명예 교수 · 시인)

1

이번에 상재上梓하는 시집 《선운산가禪雲山歌》는
박세근朴世根 시인의 첫 시집이다. 박 시인은 《문
학 21》로 등단하여 왕성한 창작과 문단 활동을 하
고 있는 시인이다. 현재는 고창 교육청 학무과장
으로 재직 중이다.

박 시인은 아직 뵌 일은 없지만, 그의 선배가 되
는 이기화李起華(전 고창문화원 원장, 현재 고창향토
문화연구소 소장) 시인이 시집 초고를 들고 왔다.

내가 이기화 시인을 알게 된 것은 꽤 오래 전의
일로 생각된다. 분명하지는 않지만 내가 한국문학
비 답사를 시작한 1960년대 후반의 일이 아닌가
싶다.

그때 고창을 찾아가면 이 원장을 찾았고, 여러
가지로 도움을 받기도 했다. 그 당시 이 시인은
시 창작에 정열을 쏟으면서도 그 고장 문인들, 예
를 들면 김영랑 선생님, 서정주 선생님, 신석정 선
생님 등에 관한 개인사적 자료를 수집하고 있었

다. 그 당시 나도 작가 연구를 위해 실증적 자료를 수집하고 있던 터라 얼마나 부러워했는지 모른다. 근자에 이에 대한 연구가 꽤 심도 있게 천착된 것으로 알고 있다. 장차 우리 문단사 연구에 기여하는 바 클 것이라 생각된다. 결국 이런 자료의 수집이 문학활동보다 향토사 연구에 더 치중하게 된 것은 아닌가 싶다. 그래서 이 시인의 소개로 알게 된 박 시인의 첫 시집 작품해설을 쓰게 된 감회가 남다르지 않다.

2

시란 살아 있는 사람의 확인이다. 또는 삶의 모습이기도 하다. 살아 있는 사람의 확인 또는 삶의 모습은, 현실(대상)에 대한 반응이기도 하고, 그 현실을 어떻게 인식하는가 하는 관점이기도 하다. 그러나 살아 있는 사람을 보는 시인의 눈은 시대와 사회 그리고 시인마다 다르다. 동일한 사람의 모습을 보면서 동일한 현실(대상)을 보면서 시인은 서로 다른 미적 가치로 표현한다. 그것을 보는 시인의 눈과 태도가 다르기 때문이다.

그의 시는 대체로 평이한 시어와 고향의 지킴이란 두 가지 특성을 지니고 있는 듯하다. 평이한 시어로 이루어진 그의 시는 누구나 느낄 수 있는 낯익은 감정을 우리에게 경험시킨다. 아니 낯익은 느낌이기에 경험의 전달이 즉시적으로 이루어진

다. 그만큼 표현이 진술하다. 가식이나 꾸밈이 없
다. 이러한 과정에서 선운산을 우러르고 고향을
지키는 시법은 그의 삶을 따른 고집일 수도 있다.
그래서 그의 시는 애초부터 작위적인 기교나 전위
적인 실험은 없다. 그것은 우리의 시가 농업사회,
공업사회, 기술사회 등으로 전개되는 과정에서 일
어난 변화에도 실험적인 경향과는 무관하다.

    설날이면
    두고 두고 정다운 얼굴 얼굴들의
    만남이 있다.

    설날이면
    한 아름 이야기 보따리가 저자처럼 열려
    옛 추억의 꽃들이 알알이 피어난다.

    설날이면
    죽은 자와 산 자, 이승과 저승을 오가는
    숱한 사연들을 토해내는 철야의 장이 있다.

    설날이면
    가족 공동체의 새 삶의 텃밭을 일구어
    풍성한 내일을 기약하는 소망의 약속이 있다.

    설날이면
    새 옷 갈아입고 세배 다니며 듣던

어른들의 따뜻한 덕담의 추억이 되살아난다.

- 〈설날이면〉 전문

이 작품은 새로운 주제를 보여주거나 감수성이 돋보이기보다는, 한 폭의 풍속도를 보는 것 같다. 우리의 감정에 파문을 일으키지 않고 더 차분하게 가라앉힌다. 그것은 정다운 얼굴들의 만남이 이루어지는 설날이기 때문이다. 이런 의미에서 설날은 '죽은 자와 산 자, 이승과 저승을 오가는/숱한 사연을 토해' 낸다는 것은 우연이 아니다. 여기서 '죽은 자'는 부모일 수 있고, 조부모일 수도 있다. 아니 형제일 수도 있다. 그리고 산 자는 시인 자신뿐만 아니라, 우리 모두이기도 하다. 이 조상과 가족의 만남은 뿌리의 확인이기도 하다.

이런 점에서 이 시는 사라져 가는 우리의 풍속문화가 과거의 문화가 아님을 시사해 준다. 현대사회의 병폐와 원심사회에서 구심을, 단절사회에서 화해를, 가족해체 사회에서 결속을 모색하는 그런 인자가 내포되어 있는 문화임을 깨닫게 한다.

이렇듯 그의 시는 평이한 시어로 삶을 반영하고 있다. 시 〈벌초〉, 〈사념〉, 〈디딤돌〉, 〈찻집 풍경〉 등은 언어의 선택과 결합에서 생기는 질량감이 돋보인다.

젊은이들 다 띠나고
토박이 늙정네들이 힘겹게 지키는 고향땅
농심이 떠난 빈자리가 허허롭다.

삶의 텃밭에
태풍 '사오마이'가 할퀴어 가고
'프라피룬'이 강타한 논밭을 보면
자식이 죽어 나간 듯
억장이 무너진다.
피눈물이 솟구친다.

병충해에 애간장 다 녹아나고
탄저병 매운 눈물 말리고
수박통 터지는 소리에 혈압 오를 수밖에
추곡 수매 동결에 가슴앓이 터지고
농약 공해 속에 내장 썩어 난다.

이래저래 속상해
농심이 떠난 터엉 빈 자리
참새도 이사가고
허수아비 호올로
졸고 있는
적막만이 무너져내린 텅 빈 농촌

        - 〈농심(農心)이 떠난 자리〉 전문

이곳은 어디인가. 그의 고향이다. 그 고향은 그가 태어난 곳이고, 그의 모든 가치, 그의 모든 행동이 시작되는 곳이기도 하다. 그래서 그 고향을 그리워하는 것은, 그가 행복을 느끼는 것과 무관하지 않다. 그런데 그 고향은 잘 살게 되었지만, 젊은이들이 도시로 떠나가고, 빈 집이 생기고, 공해 속에 허덕인다. 산업화 과정에서 겪는 고향 상실이다. '젊은이들이 다 떠나고/토박이 늙정네들이 힘겹게 지키는 고향땅'은 허수아비가 지키고 있다.

책 머리에서 '선운산은 어렸을 적부터 틈만 나면 오르내리던 포근한 어머니 품속' 이라는 지적은 그 품속이 그의 삶을 지탱해 주는 정신적 지주임을 말한다. 그러나 고향의 현실은 소위 떠남의 현상인데도, 그의 시는 고향 들여다보기, 스스로의 삶 관찰하기로 일관한다. 그가 말하는 그만의 끼, 외고집의 향수는 허수아비가 된다. 이 허수아비는 그의 자화상일지도 모른다. 아니 현대인의 자화상일지도 모른다.

> 쩌렁쩌렁
> 소 달구지 방울 소리
> 메아리쳐 돌아눕던
> 옛 고향길
> 가멸차던 새마을 시절
> 그리도 요란하던 트렉터, 경운기 굉음이

저 멀리 귀양 가고

지금은 시집간 누님의 낭랑한 목소리
꿈속에서 아련하게 들려오는
그 고향길.

휘청하게 쟁기 모는
아버지가 안쓰러워
가는 목 힘겹게 버티어 가며
새참 나르시던 어머니 허리처럼 휜
논둑길이 아스라하고

허리춤 풀려
홋바지 흘러내리는 것도 잊고
메뚜기 잡던
소꿉친구들의
줄줄이 굼실대는
옛 이야기가 그립다.

석양녘 노을이 익으면
빈 바지게에 불그레한 행복을
잔뜩 지고 돌아오시던
아버지의 숨가쁜 그림자가
더욱 시리어 옵니다.

- 〈고향길〉 전문

그의 고향에 대한 그리움은 근원적이다. 그리고 그는 사람의 본능 또는 감정은 오래 가도 크게 변하질 않고, 자연의 모습도 크게 변하지 않는다는 것을 깨달은 것 같다.

고향 산천, 부모 형제와 같은 기본 어휘는, 우리나라를 비롯하여 다른 나라에서도 옛날에서 오늘에 이르기까지 크게 변하지 않기 때문이다. 그래서 사람이 태어나서 사랑을 하다가 죽는 생生, 애愛, 사死가 시의 중요한 주제가 된 것은 그런 연유에서다.

시 〈고향길〉은 사람이 행복을 느낄 수 있는 것 중의 하나가 고향길이라는 것을 암시하고 있다. '그리도 요란하던 트랙터, 경운기 굉음이' 사라진 고향길은, 여전히 '시집간 누님의 낭랑한 목소리'가 들려오고, '새참 나르시던 어머니 허리처럼 휜 논둑길' 그 논둑길은 '소꿉친구들'의 추억이 있다. 이러한 고향길은 힘에 부친 아버지가 짐을 잔뜩 지고 돌아오는 이미지로 이행한다. '석양녘 노을이 익으면/빈 바지게에 불그레한 행복을/잔뜩 지고 돌아오시던/아버지의 숨가쁜 그림자'를 발견한다. 그 아버지는 시리게 느껴지는 그림자에 오버랩되어 아버지에의 그리움이 더 간절해진다. 그것은 그 그림자가 시각상의 현상과 아울러 청각적 소리가 어울린 복합감각으로 이루어져 있기 때문이다.

시 〈농심이 떠난 자리〉의 '허수아비'와 〈고향 길〉의 '아버지의 숨가쁜 그림자'는 결국 고향 상실의 떠남과 지킴이의 양면이기도 하다. 이 지킴이의 신념은 시 〈지석묘 공원에 서서〉, 〈도솔 휴게소〉에도 이어져 있다. 말재간을 부리지 않아도, 목소리를 높이지 않아도 잔잔한 감동으로 전해 오는 작품임을 일러둔다.

3

박 시인의 이번 시집은 선운산이 그의 삶을 지탱해 준 정신적 지주임을 확인시킨 시집이다. 이제 관조적 삶을 바라보는 나이에 고향 지킴이의 모습은 마치 그의 시와 인생의 만남을 보는 듯해 감동적이다. 그것은 평이한 언어로 단순한 시법에 따른 그의 시가 장차 선운산의 경이로움을 깨닫는 자의 목소리로, 다시 우리 앞에 나타날 날이 있을 것이라는 기대가 있기 때문이다.

선운산가 禪雲山歌

지은 이 · 박세근
펴낸 이 · 임종대
펴낸 곳 · 미래문화사

찍은 날 · 2001년 5월 10일
펴낸 날 · 2001년 5월 10일

등록 번호 · 제3-44호
등록 일자 · 1976년 10월 19일
주소 · 서울시 용산구 효창동 5-421
전화 · 715-4507/713-6647
팩시밀리 · 713-4805

ⓒ2001, 미래문화사
ISBN 89-7299-215-1 03810
E-mail · miraebooks@com.ne.kr
mirae715@hanmail.net

정가 · 5,000원

*잘못 만들어진 책은 바꾸어 드립니다.
*저자와의 협의하에 인지는 생략합니다.